RICITOS
de
OSO

Una historia escrita por
Stéphane Servant

e ilustrada por
Lætitia Le Saux

Editorial EJ Juventud
Provença, 101 – 08029 Barcelona

Esta noche es el gran CARNAVAL del bosque.

En la casita de la familia Oso,
todos preparan sus disfraces.

Papá Oso se ve impresionante
con su disfraz de
**GRAN LOBO
FEROZ.**

Mamá Osa está acabando de coser su disfraz de
BELLA DURMIENTE.

—¡Yo
me disfrazo de

RICITOS DE OSO!

—¿Cómo? ¿Qué? ¿Por qué?
—farfulla Papá Oso—. ¿Ricitos de Oso?
¿Con una falda rosa y coletas rubias?

¡NO!
¡NO! ¡NO!

¿No prefieres disfrazarte
de otra cosa?

—¿De VALIENTE CABALLERO? ¡¡¡Con una armadura y una gran espada!!!

—NO,

¡yo quiero disfrazarme
de Ricitos de Oso!
—dice Osito.

—¿Y de OGRO TERRIBLE?
¡Con unas botas y un gran cuchillo!

—NO,

¡yo quiero disfrazarme
de Ricitos de Oso!

—insiste Osito.

—¿Y por qué no de CERDITO ASTUTO?

¿Con un peto y una bonita paleta de albañil?

–NO, NO Y NO,

¡yo quiero disfrazarme
de Ricitos de Oso!

—¿Cómo? ¿Qué? ¿Por qué? —se enfada
Papá Oso—. ¿Ricitos de Oso?
¿Con una falda rosa y coletas rubias?

¡Eso no puede ser!

—Pero ¿por qué no?
—pregunta Osito.

—Sí, ¿por qué no puede?
—dice Mamá Oso.

—Pues porque eres… ¡un OSO!
¡Y un OSO de verdad no lleva faldas rosas!
¡Ni coletas rubias!

¡Eso es para las niñas,

las ositas,

las señoritas,

las señositas!

¡Tap,
tap,
tap!

SYSTEMa
LA REVISTA DE LOS OSOS

¿TIENES ALGO EN CONTRA DE LAS FALDAS Y DE LAS COLETAS?

pregunta de repente una voz grave.

—¿Cómo? ¿Qué? ¿Por qué? —farfulla
Papá Oso—. ¿Yo? Nada de nada....

–¿Estás seguro?
–gruñe el Lobo Feroz, disfrazado
de CAPERUCITA LOBO.

–Segurísimo...
¡Las faldas y las coletas,

me encantan!

–¿De verdad? –pregunta Mamá Osa, encantada–. Si quieres, peluchito mío, tengo un disfraz precioso para ti...

Y esa noche,
Papá Oso fue el **más guapo**
de todo el carnaval...

con su disfraz de

¡CENICIENTOSO

5